타임 투어

문나인 글 | 양양 그림

북극곰

01. 상속

"유…… 유산이요? 상속이요?"

오물거리던 라면부터 꿀떡 삼켰다. 나도 모르게 말이 어버
버 튀어 나갔다. 자다가 봉창 두드리는 소리인지, 호박이 넝
쿨째 굴러 들어오는 소리인지, 감이 잡히지 않았다.

"누, 누가요? 제가요?"

급히 뒷말을 이었다.

"아니, 그게 아니라, 전화를 잘못 거신 거 아니에요?"

하지만 스마트폰 너머 누군가는 나의 주민등록번호 앞자
리와 현재 주소지를 읊었다. 내 개인 정보가 타인의 입에서
술술 흘러나오다니 신뢰는커녕 의심만 커졌다.

"제가 맞긴 한데요……."

나는 입을 다물었다.

'함정이다! 보이스 피싱!'

한심한 지해수. 아주 잠깐이지만 뭘 기대했던 걸까. 낳아 준 엄마도 모르면서 무슨 상속이야. 나는 입을 삐죽거리다 허리를 곧추 세우고 인상을 잔뜩 쓴 채 말했다.

"라면 불어요. 끊을게요."

"자, 잠시만요! 여기는 주민아 법률……."

종료 버튼을 누르기 직전 상대의 다급한 외침이 들렸지만 더는 대꾸하지 않았다. 뻥을 너무 대충 치시네. 중학생이라 만만하다는 건가? 때가 어느 땐데 아직도 보이스 피싱이라니. 화성에는 이주민 정착촌이 건설 중이고, 드디어 타임머신이 발명되어서 과거로 시간 여행도 가는 세상인데!

"아, 짜증나. 라면이나 먹자."

삐 삐 삐.

같은 번호다. 신경질적으로 수신 차단 설정을 했다.

"후유, 그럼 그렇지."

상속이라는 말이 원래 그렇지만 그걸 남겼을 '누군가' 때문에 마음이 더 부풀었다. 부푼 마음이 순식간에 가라앉으면서 이내 화가 났다. 나는 생후 100일부터 자애원에 살았고 아홉 살에 입양됐다. 그 후 7년이 흘렀다. 나는 더 이상 나를 낳아 준 엄마를 기다리지 않는다. 아니, 기다리지 않는다고 믿었다. 오늘 이 전화를 받기 전까지는.

"아직도 이러냐, 넌……."

입맛이 뚝 떨어진 나는 서둘러 식탁을 치웠다. 남은 음식물을 한곳에 모으고 빈 그릇을 깨끗하게 닦아 식기 건조기에 차곡차곡 쌓았다. 이제 음식물 쓰레기를 버리고 해령을 데리러 가면 시간이 딱 맞을 것이다.

평일 저녁 6시 30분, 나의 루틴은 아파트 후문에서 동생의 스쿨버스를 기다리는 것. 천천히 자라는 해령은 천천히 자라는 아이들을 위한 학교에 다닌다. 동네에서 작은 마트를 운영하며 딸 둘을 키우느라 눈코 뜰 새 없이 바쁜 어머니를 대신해 몸은 열다섯 살이지만 마음은 일곱 살인 해령의 육아는 내가 맡고 있다.

해령을 돌볼 수 있어서 다행이다. 밤낮으로 반복되는 가사 노동과 육아가 쓸데없는 생각을 할 틈을 주지 않기 때문이다. 이를테면 엄마는 왜 나를 버렸을까, 내가 그렇게 싫었을까, 내게 다른 가족이 있을까, 있다면 왜 나를 찾지 않을까 등의 답도 없는 질문을 붙들고 시간 낭비하느니 뭐라도 하면서 바쁘게 지내는 게 나으니까. 그런 면에서 해령이 날 키우는지도 몰랐다. 정신 똑바로 차리고 살도록, 두 발 땅에 딱 붙이고 살도록.

띠링.

스쿨버스에서 내린 해령의 시선이 나를 찾는 순간, 문자 수신을 알리는 스마트폰 알람이 울렸다.

유선상 설명이 서툴렀습니다. 사과드려요. 지해수 님의 이모, 차영진 님께서 남기신 유산 상속에 관해 안내드리려고 합니다. 직접 뵙고 자세히 이야기하고 싶은데요, 사무실로 방문 가능하실까요? 명함과 지도 링크 첨부합니다.

_주민아 법률 사무소

'이렇게까지 최선을 다하는 보이스 피싱이라니……'

나는 첨부된 명함을 뚫어져라 쳐다봤다. 명함은 쉽게 위조할 수 있다. 이것으로는 아무것도 확인할 수 없다. 그런데 이모 이름이 차영진이었다. 개명 전 이름이 차서정이었다. 엄마가 지은 이름이라고 했다. 차영진, 왠지 그럴 듯하게 느껴졌다. 차씨가 그리 흔한 성은 아니니까.

02. 고민

"언니."

해령의 천진한 목소리에 정신이 번쩍 들었다.

"우리 해령이, 잘 다녀왔어? 좋은 하루 보냈고?"

우리는 오랜만에 만난 사이처럼 서로를 꼭 껴안고 몸을 흔들었다. 키득키득. 내가 좋아하는 해령의 웃음소리. 나는 해령의 학교생활을 제외한 모든 일상을 함께한다. 해령이 나를 필요로 하기 때문이다. 해령의 가방을 대신 들며 손을 꼭 잡았다.

"얼른 들어가자. 오늘 저녁은 해령이가 좋아하는 버터 계란밥!"

해령은 엘리베이터를 기다리는 내내 내 팔에 매달려 종알종알 하루 일과를 늘어놓았다. 그런데 평소와 다르게 내 대답이 건성으로 나갔다. '설마' 하던 생각이 자꾸만 '혹시' 하는

쪽으로 기울었기 때문이다.

"해령아, 잠깐만."

현관에 들어서자마자 스마트폰으로 포털 앱을 켰다.

주민아 법률 사무소

홈페이지를 클릭하고 들어가니 메인 화면에 팔짱을 낀 채
살짝 웃고 있는 주민아 변호사의 사진이 걸려 있었다.

유산을 남겼다는 말은 이모 차영진이 더는 이 세상 사람이
아니라는 뜻이다. 그래도 나를 낳아 준 엄마에 대해 뭐라도 알
수 있지 않을까? 아니면, 다른 가족에 대해서라도? 궁금한 게
너무 많은 나 자신이 싫었다.

태어나서 첫 9년 동안 내 가족은 자애원 사람들이었다. 입
양된 후부터 지금까지는 해령과 어머니가 내 가족이고. 그런
데도 다른 가족이 더 필요해? 나를 원한 적 없는 사람들이잖
아……. 답 없이 이어지는 질문에 머리가 폭발할 것 같았다.
이 짓을 멈출 방법은 하나다. 변호사를 만나 보는 것. 나는 문
자 회신 버튼을 눌렀다.

내일 학교 끝나고 4시 30분 어떠세요? 지해수.

03· 주민아 법률 사무소

'주민아 법률 사무소'는 지하철역 근처에 있었다. 이렇게 번화한 거리에 번듯하게 자리 잡은 사무실이라면 적어도 나 같은 청소년을 상대로 한가롭게 사기 치지는 않을 것 같았다.

진짜 사기꾼 사무실이라고 해도 내 개인정보를 가지고 뒷조사를 마쳤다면 알 것이다. 작은 마트를 운영하는 어머니가 근근이 해령의 병원비와 대출 이자를 감당하고 있다는 것을 말이다. 그래도 경계를 늦추면 안 된다. 어제 112 신고 앱을 다운받은 것도 그 때문이다. 터치만 하면 경찰이 출동할 것이다. 스마트폰을 쥔 오른손에 잔뜩 힘이 들어갔다.

"저……."

당당하고 싶은 마음과는 달리 사무실 문을 열자, 목소리가 기어들어 갔다. 법을 다루는 곳이라면 어른들의 세계 아닌가. 어머니께 알리지 않고 혼자 이런 곳에 왔다는 사실이

마음에 걸렸다. 하지만 아무것도 확실하지 않은 상황에서 '진짜 가족'이 있을지도 모른다는 말을 꺼낼 수가 없었다. '진짜 유산'도 마찬가지다. 그 정도로 깜짝 놀랄 일이라면 내가 먼저 확인해 봐야 한다.

"지해수 님? 어, 어서 오세요. 변호사님은 통화 끝나면 바로 나오실 거예요."

자신을 사무원 유영지라고 소개한 언니가 나를 소파로 안내했다. 어리숙한 태도 때문에 사기꾼이 아닐까 의심했는데 언니도 실은 나만큼 잔뜩 긴장하고 있었다. 나는 소파 끝에 어정쩡하게 앉아 내주신 주스 잔을 만지작거렸다.

5분쯤 지났을까. 사무실 안쪽에 딸린 방문을 열고 누군가가 걸어 나왔다. 짧은 단발머리에 흰 셔츠, 검정 바지 차림. 홈페이지에 걸린 사진과 똑같았다. 주 변호사님이었다.

04· 출생의 비밀

"여기, 이모 차영진 님께서 남긴 상속 내역 확인하시고요."

변호사님은 조금 망설이다가 덧붙였다.

"차영진 님께서 미안하다는 말, 꼭 전해 달라고 당부하셨어요."

서류는 내가 이해하지 못하는 말들로 빽빽했다. 대충 훑어보니 '템푸스', '10만 주' 같은 단어가 눈에 띄었다. 10만 주라면 당장 독립해서 집도 사고, 자율 주행차도 사고, 남은 돈으로 유학도 갈 수 있을 것 같았다. 그런데 내가 궁금한 내용은 어디에도 없었다. 엄마가 왜 나를 버렸는지, 지금은 어디에 있는지, 이모가 미안한 일은 무엇인지 등등 가족과 관련된 내용 말이다.

나를 뚫어져라 바라보던 변호사님이 말을 이었다.

"어머님이 스물세 살에 해수 님을 가졌을 때 가족들 반대

가 심했나 봐요. 혼자 아기를 낳아 키우겠다는 어머님의 결정을 가족들이 지지하지 않았대요. 결국 어머님은 집을 떠났고, 그 충격으로 할머니까지 쓰러지시면서 언니 차영진 님도 한동안 무척 힘든 시간을 보냈다고 하셨어요. 아주 나중에 어머님한테서 딱 한 번 돈을 빌려 달라는 연락을 받았지만, 그때는 원망의 마음이 너무 커서 동생의 부탁을 거절하셨대요. 뒤늦게 후회했지만 그게 마지막 연락이었다고 하셨어요."

마음이 부글부글 끓어올랐다. 아기가 세상에 태어나는 일을 어째서 제삼자가 찬성하거나 반대하는지 이해할 수 없었다. 내가 반대표부터 받고 태어난 것만 같아 마음이 무척 아팠다.

'그런데 왜 이제 와서 나를 찾은 걸까.'

내가 말없이 가만히 있자 변호사님이 말을 이었다.

"용서를 구하고 싶으셨대요. 처음엔 동생이 가족을 버렸다고 생각했지만, 시간이 흐른 뒤 생각해 보니 오히려 그 반대라는 걸 깨달으셨다고요. 지병으로 몸이 많이 쇠약해진 상태에서 정말 애타게 동생의 행방을 찾았지만 끝내 다시 만나지 못하고 돌아가셨어요. 그래도 이렇게 늦었지만 자애원과 연락이 닿아서 해수 님을 찾을 수 있었습니다."

구멍 숭숭 뚫린 가정사를 듣고 있자니 눈물이 차올랐다. 엄마의 소재 불명이나 이모의 죽음 때문은 아니었다. 처음부터 없던 것을 잃을 수는 없는 거니까. 그냥 내 앞에 있는 이 분들이 나를 불쌍한 아이라고 동정할까 봐 속이 상해 울고 싶었다.

이모도, 엄마도 용서하고 싶지 않았다. 온 식구가 뜯어말리는 출산을 기어코 하겠다고 가족을 떠났으면서도 왜 나를 그렇게 금방 버렸을까. 내가 알고 싶은 진실은 이런 것이 아니었다. 마음속으로 고래고래 소리를 질렀다. 원망과 그리움을 함께 담아 둔 마음속 가족의 방이 분노로 활활 타올랐다.

"다 끝났어요?"

내 목소리가 날카롭게 뻗어 나갔다. 변호사님은 그런 나를 이해한다는 듯 양 눈썹을 아래로 내렸다. 엉뚱한 곳에 화풀이했다는 자책이 뒤따르자 엉망인 기분이 점점 더 끔찍해졌다.

출생의 비밀은 보이스 피싱보다 더 나빴다. 하지만 이런 문제는 112에 신고할 수 없다. 세상 어디에도 도움을 구할 데가 없다. 난 여전히 혼자다. 언제까지 이 외로움을 견뎌야 할까. 나아지기는 할까? 가끔은 감당하고 싶지 않다. 바로 지금 같은 순간은 최악 중에 최악이다.

"저, 변호사님…… 템푸스 주주 우대 이벤트요."

아까부터 우리 쪽을 힐끗힐끗 바라보던 사무원의 목소리
였다.

"내 정신 좀 봐. 그래요, 템푸스 주주 우대 이벤트!"

변호사님이 한결 밝은 목소리로 덧붙였다.

"해수 님이 상속받으실 10만 주가 템푸스 주식이에요. 시
간 여행 상품 파는 회사 아시죠? 이번에 템푸스에서 주주 우
대 정책의 일환으로 대주주들에게 '타임 투어'를 제공하고 있
어요. 마침 신청 기한이 이번 주까지예요. 타임 투어라니……
정말 굉장하죠?

05. 템푸스

엄마를 생각하면 저절로 떠오르는 이미지가 있다. 진짜 기억은 아닌 것 같고 어디까지나 내 상상이다. 나를 안고 흔들 흔들하던, 요거트 냄새가 나는 엄마의 품. 엄마를 미워하면서도 그리워하던 지난 모든 날들 내내 엄마를 떠올리면 어디선가 시큼한 냄새가 나는 것만 같았다.

엄마는 가족과 인연을 끊을 만큼 어린 나를 지키려고 애썼다는 사실을 새로 알게 되었다. 그렇다고 해도 내가 버림받았다는 사실은 그대로다. 대체 왜 그랬을까? 지금의 어머니는 아픈 해령을 책임지기 위해 홀로 고군분투하며 일하는 엄마다. 심지어 나까지 입양해서 쉬는 날도 없이 일해서 번 돈으로 자기 자식과 남의 자식을 함께 기르고 있다. 물론 입양된 내가 어떻게 컸는지는 별개의 문제지만…….

그런데 내 엄마는 달랐던 걸까? 막상 혼자 낳아 키워 보니 너무 힘들었던 걸까? 그래서 그냥 버린 걸까? 설마, 그게 그렇게 쉬웠을까? 지금 내게 주어진 정보로는 이것 이상의 결론을 내릴 수는 없다. 그래서 나는 계속 아플 수밖에 없다.

해령을 재우고 나서도 쉽게 잠이 오지 않았다. 온갖 복잡한 마음이 드는 와중에도 여전히 엄마가 궁금했다. 딱 한 번만이라도 좋으니 엄마를 만나고 싶다. 늘 머릿속에서 자동 출력되던 그 얼굴이 얼마나 닮았는지 확인하고 싶다. 그리고 묻고 싶다.

'저 없이 사는 동안 행복했어요? 제 생각은 했어요? 매일은 아니더라도 가끔 제 생일이나 어린이날, 크리스마스 같은 그런 날, 제가 엄마를 생각했던 그런 날…….'

만약 엄마가 나에게 같은 질문을 한다면 나는 꽁꽁 숨겨 둔 진심을 꺼낼 것이다.

'저는 불행했어요. 많이 힘들고 엄청 아프고 죽도록 그리웠어요, 엄마가…….'

하지만 타임 투어로는 엄마를 만날 수 없다. 어디로 가야 하는지 모르기 때문이다. 나는 이 기회를 어떻게 사용해야 할까?

템푸스는 세계적으로 유명해진 우리나라의 시간 여행 기업이다. 민간 타임 투어 시대를 개막한 회사로 평가 받고 있

다. 물론 나 같은 보통 사람들은 엄두도 못 낼 초고가 여행이
지만, 세계적인 부호들의 반응은 폭발적이었다. 그런데 더는
이 회사에 대해 아는 게 없었다. 이럴 때는 유튜브다.

'템푸스 타임 투어'라고 입력하니 영상이 쏟아졌다.

초파리-원숭이-인간까지, 템푸스의 타임 투어 여정 총 정리

A to Z 템푸스의 모든 것

템푸스와 한다경이 꿈꾸는 타임 투어 시대

민간 타임 투어 시대 개막한 템푸스

......

나는 'A to Z 템푸스의 모든 것'을 클릭했다.

"안녕하세요. 구독자 여러분. 세상의 모든 기업, '세모기'입니다.
오늘은 타임머신을 개발한 회사, 템푸스에 대해 알아보겠습니다. 모
두 준비되셨나요? 템푸스는 지금으로부터 약 30년 전에 태동한 기업
입니다. 네, 겨우 30년 만에 세상의 판도를 바꾼 어마어마한 기업이
죠. 대체 30년 전, 대한민국에서는 무슨 일이 있었기에 겁도 없이 우
주 여행도 아닌, 시간 여행을 꿈꾸던 사람들이 있었을까요? 여러분,
역사 시간에 MZ세대라는 말 들어보셨죠? 당시 그들의 별칭이 바로
'N포 세대'였습니다. 믿기지 않죠? 역사상 가장 위대한 대한민국을

만든 주역들이 젊은 시절에는 웬만한 건 다 포기해야만 했다는 사실 말입니다. MZ세대는 취직, 연애, 결혼, 출산, 내 집 마련 등 당시 사람들이 중요하게 생각하던 것들을 뭐 하나 제대로 쉽게 얻을 수 없었대요. 희망 대신 절망이 우세하면 사람은 이렇게 됩니다. 미래가 아니라 과거에 집착해요. 그때 그렇게 했다면, 혹은 안 했다면 지금 내가 이렇게 살지 않을 텐데……. 막연한 기대와 무서운 집착이 시작된 겁니다. 사람들은 이런 질문을 하기 시작해요. 만약 우리가 정말로 과거로 갈 수 있다면? 그래서 현실을 바꿀 수 있다면? 과거의 단 한 순간만이라도 바꾼다면 마법처럼 현재가 달라질 거라고 믿던 수많은 사람들의 열망이 들끓었지요. 그 열망이 돈이 될지도 모른다는 믿음을 기반으로 우후죽순 타임머신 스타트업이 생겨나기 시작합니다. 이 기회마저 놓칠 수 없다고 생각한 젊은 세대가 공격적인 투자를 시작해요. 타임머신 투기 광풍이 불죠. 그런데 말입니다. 전례 없이 모인 이 투자금이 정말 마법 같은 일을 하나씩 현실로 만들어 냅니다. 역시 돈은 못 하는 게 없죠. 처음엔 초파리였고요. 그다음엔 바퀴벌레, 물고기, 쥐, 개, 원숭이 순서였습니다. 실험은 성공과 실패를 거듭하면서 마침내, 인간을 과거로 보내고야 맙니다……."

06. 비밀

철컹.

현관문 닫히는 소리가 났다. 나는 급히 거실로 나갔다. 어머니가 돌아왔다. 몰래 나쁜 짓이라도 하다 들킨 사람처럼 얼굴이 달아올랐다. 아직 어머니께는 유산 상속이나 타임 투어에 대해 말씀드리고 싶지 않았다. 이걸로 무엇을 하면 좋을지 우선 생각을 정리할 시간이 필요했다. 이게 나의 권리라는 것을 알면서도 마음이 편치 않았다. '키워 주신 은혜와 자식의 도리'에 대해서 귀에 못이 박이도록 듣고 자란 탓이다.

"다녀오셨어요? 저녁은 드셨어요?"

"오늘 네 담임한테서 전화 왔다."

어머니의 목소리가 낮게 깔렸다. 속이 울렁거렸다.

"너, 대체 학교에 내 얘길 어떻게 한 거야? 내가 찢어지게 가난한 탓에 입양한 딸이라고 너만 차별한다 그랬니?"

과학고 이야기이다. 담임 선생님은 줄곧 나에게 다른 지역에 있는 과학고로 진학하라고 하셨다. 나는 어릴 때부터 물리를 좋아하고 잘했다. 성적도 좋았다. 이 세상엔 내가 답을 얻을 수 없는 복잡한 질문투성이인데 과학의 세계는 명료하다. 답을 찾는 과정 자체가 답이 되기도 한다. 나는 그 지점에서 대리 만족을 느꼈던 것 같다.

나도 집에서 멀리 떨어진 과학고에 진학해 기숙사 생활을 하고 싶다. 본격적으로 과학도의 길을 걷고 싶다. 하지만 어머니가 허락하지 않을 게 분명했다. 내가 집을 떠나면 해령을 돌볼 사람이 없기 때문이다. 어머니는 돌봄이 비용을 감당할 수 없을 터였다. 어머니에게 내 꿈이나 미래는 고민거리가 아니었다. 대화를 나눌 가치도 없는 문제였다. 어머니와 입씨름하고 싶지 않아서 내 선에서 마무리했는데, 결국 담임 선생님이 어머니께 전화를 드렸나 보다.

어머니는 냉장고 문을 열고 소주병을 꺼냈다. 내가 소주잔을 꺼낼 새도 없이 어머니는 식탁 위 물컵에 술을 따라 벌컥벌컥 들이켰다. 해령이 깰까 봐 언성은 높이지 않았다.

"우리, 가족 아니니? 제발 서로 좀 챙기고 살자."

"죄송해요…… 선생님이 오해하셨나 봐요. 원서 안 내겠다고 말씀드렸는데……."

"너, 뭐랬어? 고맙다며. 네가 우리 집에 처음 온 날, 네가 고맙다고 했어, 안 했어? 내가 그거 잊지 말라고 했어, 안했어?"

어머니의 레퍼토리였다. 나는 꿈쩍도 하지 않고 어머니가 쏟아 내는 하소연과 눈물을 받아 냈다. 당신이 얼마나 고생해서 우리를 키우는지 너무나 잘 알고 있으며, 과학고 입학은 꿈도 꾸지 않을 것이고, 앞으로도 가족을 외면하는 선택은 절대 하지 않겠다고 말하면서 나의 잘못을 낱낱이 고하고 나서야 어머니는 마무리 발언을 했다.

"너, 약속했다?"

"⋯⋯네."

어머니는 그제야 졸려 했다. 어머니가 안방으로 들어가고 어질러진 식탁을 치우며 깨달았다. 내가 유산 상속과 타임 투어에 대해 어머니께 말씀드리지 않은 것은 나 혼자 생각할 시간이 더 필요하기 때문이 아니라는 것을. 처음부터 이 행운을 어머니와 나눌 생각이 없었다는 것을. 거기에 더해 가능하다면 이 무거운 책임과 거짓 약속을 벗어던지고 싶다는 것을.

07. 자애원

나는 생후 100일에 자애원에 입소했다. 내가 더 귀엽고 덜 성가신 아기였다면 엄마가 날 버리지 않았을지도 모른다고 종종 생각했다. 그래도 자애원에서 보낸 어린 시절은 나쁘지 않았다. 문제는 초등학교에 입학하면서 시작됐다. 내가 '보통 가정'에서 자란 아이들과 다르다는 것을 그 아이들의 입을 통해 들으면서 말이다.

내게는 엄마, 아빠 대신 원장님과 복지사 선생님들이 계셨다. 다정하고 세심한 분들이었다. 하지만 친구들은 그분들이 얼마나 좋은 사람인지에 대해서는 관심이 없었다. 피가 섞이지 않았으니까. 그래서 나를 '고아'라고 불렀다. 학교에는 두 부류의 아이들이 있었다. 내가 '고아'라서 말을 거는 아이들과 '고아'라서 말을 걸지 않는 아이들.

그중 최악은 연수였다. 양 갈래로 땋은 머리에 작고 귀여

운 핑크색 리본을 달고 다니던 아이. 매일 다른 원피스를 입는 연수에게서는 늘 향긋한 냄새가 났다. 처음엔 그런 연수를 남몰래 좋아했다. 물론 연수 생각은 달랐지만.

연수는 처음부터 나를 싫어했다. 1학년 1학기가 끝나갈 무렵, 반 아이들이 나의 신상에 대해 대충 알게 됐다. 내 사정을 굳이 숨기지 않는 담임 선생님과 그 이야기에 살을 보탠 연수 덕분이었다.

그날도 나는 혼자였다. 책을 읽는 척하고 있는데 누군가가 장난기 가득한 목소리로 내 이름을 불렀다.

"차서정!"

연수였다. 대답하고 싶지 않았지만 끊임없이 불리는 내 이름을 모른 척하는 일이 쉽지 않았다. 그때 나는 고작 여덟 살이었으니까. 힘겹게 고개를 돌려 연수를 바라보았다. 교실 뒤편에 나란히 선 연수와 친구들의 키득거리는 웃음소리가 배경음처럼 깔렸다.

"서정아, 그 옷 내 거랑 똑같아."

"……그래?"

"응, 우리 엄마가 얼마 전에 분리수거한 거랑 똑같아."

연수가 내뱉는 말이 돌덩이가 되어 내 가슴에 차곡차곡 쌓였다.

"너, 그거 분리수거함에서 가져왔어?"

"아니야······. 원장님이 주셨어."

"그럼 원장님이 분리수거함에서 가져왔어?"

더는 웃음을 참지 못한 아이들이 대놓고 킬킬거렸다.

"쓰레기통에서~ 가져왔대요, 가져왔대요."

나는 천천히 고개를 돌려 앞을 바라보았다. 어깨를 움츠리며 낮게 한숨도 쉬었다. 그저 교실 바닥만 멍하니 바라보았다. 그만두라고 소리 지르고 싶었지만 뒷일을 감당할 자신이 없었다. 아이들 싸움이 어른들 싸움이 되는 것은 순식간이다. 하지만 나는 대신 싸워 줄 엄마가 없었다. 몇 번의 경험을 통해 나는 가만히 있는 게 가장 좋은 해결책이라고 믿게 되었다.

그때였다.

"차서정?"

아이들의 일기장을 검사하던 선생님께서 내 이름을 불렀다. 이런 상황을 늘 모른 척하던 선생님이었기에 얼마나 놀랐는지 모른다.

"이리 와 봐."

아이들이 일제히 입을 다물었다. 나는 다행이라는 기색을 티내지 않으려고 애쓰면서 천천히 자리에서 일어났다.

"차서정, 너 이거 뭐야?"

선생님은 내가 교탁 앞에 도착하기도 전에 내 일기장을 큰 소리로 낭독했다.

"오늘 선생님이 연수 손만 잡고 운동장에 나가셨다. 나도 선생님 손을 잡고 싶었는데, 선생님이 연수만 예뻐하시는 것 같다. 슬프다?"

귀가 빨갛게 달아올랐다. 어제 체육 시간에 있었던 일에 대해서 내 감정을 솔직하게 일기에 썼을 뿐이다. 선생님이 그걸 반 애들 앞에서 읽을 줄은 상상도 못했다. 뒤통수가 따가웠다. 연수의 표정이 보이는 것만 같았다.

"그, 그게……."

"누가 일기를 이렇게 써? 일기는 있었던 일을 쓰는 거야. 거짓말을 쓰는 게 아니고!"

선생님이 빽 소리를 질렀다. 선생님의 마음을 빨리 풀어 드리고 싶었지만 나는 방법을 알지 못했다. 애초에 그런 방법을 찾을 필요도 없다는 걸 그때의 나는 알지 못했다. 애타는 마음과 달리 입이 떨어지지 않았다.

"대답 안 하지? 있는 말, 없는 말 잘도 지어내더니 대답은 안 해?"

"죄송해요, 선생님."

"죄송하면 다야? 너, 매번 왜 이러는 거야? 내일 부모님 모시고 와!"

내가 자애원에 사는 것을 깜빡했을까? 그럴 리 없다. 각종 지원금 서류를 보란 듯이 반 친구들 앞에서 전달하던 분이 설마……. 연수가 무슨 생각을 하는지 들리는 것 같았다.

'너, 부모님 어디서 모시고 올 건데?'

바로 그날, 엄마가 필요하다고 생각했다. 원장님과 자애원은 학교생활에 전혀 도움이 되지 않았다. 내가 무언가를 간절히 원한 것은 그때가 두 번째였다. 첫 번째 소원은 이루어지지 않았다. 늦어도 초등학교 입학 전에는 엄마가 날 데리러 오게 해 달라는 소원이었다.

명절과 생일, 어린이날과 크리스마스 같은 기념일은 내심 기대했다. 엄마가 날 찾으러 온다면 그런 특별한 날에 올 것 같았기 때문이다. 그러나 엄마는 끝내 나타나지 않았다. 입학식 날, 나는 남은 미련을 탈탈 털어 냈다. 그게 덜 상처받는 길이라는 것을 여덟 살의 나는 어렴풋이 알고 있었다.

'엄마는 나를 찾으러 오지 않아.'

나는 두 번째 소원을 빌었다.

'다른 엄마라도 주세요. 새 가족을 주세요.'

08. 입양

하교 후, 자애원으로 돌아온 나는 원장실로 향했다. 원장님은 내가 태어나던 해가 분기점이었다고 했다. 온갖 끔찍한 아동학대 사건들이 연일 뉴스를 장식하며 많은 사람들이 이 문제에 관심을 갖기 시작했다고 한다. 관련 법안이 대대적으로 개정되며 시설 아이들도 스스로 입양을 선택할 수 있게 되었고, 사후 관리도 엄격하게 이루어졌다. 아동학대에 대한 강화된 처벌과 감시 그리고 입양 가족을 위한 지원 덕분이었다. 그 후, 양부모가 입양한 아이를 물리적으로 학대하는 일은 거의 일어나지 않았다.

9개월 후, 까다롭고 복잡한 절차를 모두 마치고 마침내 나는 해령의 가족이 되었다. 수차례의 면접을 반복하며 다정한 어머니와 사랑스러운 해령에게 제대로 마음을 뺏기고 말았다.

어머니는 대가족 틈에서 사랑을 많이 받고 자란 어린 시절을 언급하며 다복한 가정을 꾸리고 싶었다고 했다. 하지만 인생이 원하는 대로만 흘러가지는 않았다고 말하며 옅게 웃었다.

"그래도 여전히 이 안에 사랑이 있어요."

그 말을 하면서 어머니는 오른손으로 가슴을 지그시 눌렀다. 그때 어머니의 손은 더없이 진실해 보였다. 어머니는 더 많이 사랑하면서, 또 더 많이 세상에 기여하면서 살고 싶다고 했다. 해령에 대한 생각도 솔직하게 털어놓았다.

"해령이는 언제나 타인의 도움이 필요한 아이예요."

어머니는 내 손길이 필요한 상황이 앞으로도 내내 있을 것이라고 인정했다. 하지만 나도 어머니의 손길이 필요하지 않겠느냐고 물었다. 인간은 모두 서로의 손길을 갈구하며 살아간다고, 자신과 해령과 서정은 그 필요를 서로에 대한 사랑으로 채우며 살아갈 수 있다고 강력하게 주장했다. 홀어머니에, 장애를 가진 동생이 있는 가족이라 내키지 않아 했던 원장님도 어머니의 말을 듣고는 안심했던 것 같다. 내가 좋은 가족을 만난 것 같다며 기뻐해 주셨다. 나는 말할 것도 없었다.

"이제부터 너는 지해수야."

입양과 동시에 개명을 했다. 지경희의 딸들, 지해령과 지해수. 더 바랄 게 없었다.

지해수, 지해수, 지해수…….

내 이름을 반복해서 되뇌었다. 어색하지 않았다. 익숙해질 필요도 없었다. 새 이름이 차서정보다 훨씬 마음에 들었기 때문이다.

어머니는 나와 해령을 데리고 쇼핑몰부터 갔다. 전학 갈 학교에서의 첫날을 준비하기 위해서였다. 어머니는 자주 내 의견을 물었다.

"핑크색 좋아하니?"

좋아했다, 핑크색. 나는 좋아하는 색깔을 묻는 그 질문이 무척 감격스러웠다. 해령은 인기 애니메이션의 주인공 얼굴이 그려진 노란색 원피스를 골랐다. 내 원피스는 핑크색 레이스가 달린 하늘하늘한 디자인이었다. 거울 앞에서 몸에 옷을 대보면서 문득 연수를 생각했다.

'이제 내 인생에 연수는 없어.'

가슴이 뻥 뚫린 것처럼 시원했다.

옷 가게를 나와 식당으로 향하는 길에 나는 용기 내어 해령처럼 어머니의 손을 잡았다. 어머니는 잠시 고개를 돌려 나를 바라보았지만 별말이 없었다. 나는 수줍게 미소 지었다.

그날 먹은 저녁은 내 생애 최고의 식사였다.

"치즈 돈가스 좋아하니?"

어머니는 기본 돈가스 하나와 치즈 돈가스 두 개를 주문했다. 주문한 음식이 나오자 어머니는 돈가스를 하나하나 썰어 주셨다. 어머니가 잘라 주신 돈가스를 한 조각 입에 넣으며 생각했다.

'이건 사랑의 돈가스야.'

자애원에서도, 학교에서도 치즈 돈가스라면 얼마든지 먹어 봤지만, 지금처럼 어머니가 직접 잘라 준 돈가스를 먹어 본 적은 없었다. 그러니 그건 말 그대로 사랑의 음식이었다.

'이런 게 가족이구나.'

각자 마음에 드는 물건을 고르고, 길을 걸을 때 손을 잡고, 자녀를 위해 부모가 돈가스를 잘라 주고. 내가 기대한 것보다 훨씬 좋았다. 아니, 좋다는 표현으로는 부족하다. 완벽했다. 나는 완벽한 행복을 느꼈다.

전학 첫날, 어머니는 나를 정문까지 데려다 주셨다.

"즐거운 하루 보내렴."

"어머니도 좋은 하루 보내세요."

나도 용기를 내어 마음을 전했다. 어머니가 살짝 웃으셨던가. 입양과 전학 직후의 그 며칠은 내 인생에서 가장 마음이 따뜻한 날들이었다. 첫 번째 실수가 있기 전까지 말이다.

동네에서 작은 마트를 운영하는 어머니는 밤 10시가 넘어야 귀가했기 때문에 한 살 터울의 동생인 해령을 등하교시키고 챙기는 일은 내 몫이 되었다. 딱 일주일이 걸렸다. 내가 그 일을 다 망쳐 버리기까지는.

그날, 학교가 끝나고 집으로 돌아오는 길에 태리와 민주를 만났다. 같은 반 친구들이었다. 같은 아파트에 살고 있었던 것이다. 나보다 앞서 걷던 태리가 무심코 뒤를 돌아보다가 나를 먼저 발견했다.

"어? 해수? 해수야!"

태리와 민주는 어학원에 가기 전까지 시간이 좀 남는다며 놀이터에서 놀다 갈 거라고 했다.

"우리 같이 놀래?"

세상에 이 말보다 더 달콤한 말이 있을까.

"응, 좋아."

나도 해령의 스쿨버스가 오기 전까지 두어 시간 정도 여유가 있었다. 우리는 아무렇게나 가방을 던져 놓고 나란히 놀이터 벤치에 앉았다. 태리와 민주 어머니가 챙겨 주신 간식을 사이좋게 나눠 먹었다. 놀이터에 딱 두 개뿐인 그네도 번갈아 탔다. 우리는 좋아하는 것과 좋아하지 않는 것이 비슷했다.

셋 다 수학보다 국어를 더 좋아했고, 매운 음식은 잘 못 먹고, 날벌레는 싫어하지만 개미집 구경은 하루 종일이라도 할 수 있었다. 공통점을 꼽을 때마다 우리는 대단한 발견이라도 한 것처럼 "와아!" 하고 놀라거나 웃음을 터뜨렸다.

띠링 띠링.

태리와 민주의 워치가 동시에 울렸다. 곧 어학원 버스가 도착한다는 알림이었다. 벌써 한 시간이 지났다니. 그런데 태리가 장난기 가득한 표정으로 말했다.

"나, 오늘 너무 재밌어. 학원 안 갈래."

"어머니한테 혼날 텐데?"

나의 물음에 태리가 바로 대답했다.

"잠깐 혼나고 지금 노는 게 훨씬 낫지!"

민주도 맞장구쳤다.

"아! 학원 같은 데 안 다니고 맨날 이렇게 셋이 놀면 좋겠다."

내가 하고 싶은 말이었다.

"해수야, 너도 학원 가지 마."

나는 해령을 챙겨야 했지만, 아직 한 시간이 더 있었다. 숙제는 저녁에 해도 될 것이다. 좋은 아이들과 금세 단짝 친구가 된 것만 같아 사실 가장 신난 건 나였다.

그런데 어쩐지 입안이 까끌까끌했다. 우리가 좀 다르다는 사실을 그 순간 깨달았기 때문이다. 태리나 민주는 어머니 마음에 들려고 애쓰지 않았다. 그래도 되는 걸까? 실수는 어쩔 수 없지만 일부러 잘못을 저지른다는 건 내게는 상상할 수도 없는 일이었다.

그런 마음을 어찌어찌 다독이며 친구들과 놀았다. 놀다 보니 점점 괜찮아졌다. 그래서 더 신나게, 더 정신없이 놀았다. 시간 가는 줄도 모르고 말이다. 딱 한 시간만 더 논다는 게 어느새 두 시간이 훌쩍 지나 있었다. 나도 워치가 필요하겠다고 생각하며 친구들과 헤어졌다.

스쿨버스 정차 장소로 허겁지겁 달려갔는데, 당연히 버스도, 해령도 없었다. 쏟아지는 울음을 겨우 틀어막고 간신히 집에 도착했다. 어머니께 전화부터 드려야 했다. 역시 워치가, 아니 휴대전화가 필요할 것 같다고 생각하면서.

그런데 문을 여니 어머니와 해령이 집 안에 있었다. 안도와 공포가 파도처럼 밀려왔다. 어머니의 얼굴이 이미 끓어서 다 넘쳐 버린 주전자 같았기 때문이다.

1학년 때 일기장 사건으로 담임 선생님을 화나게 했던 일이 떠올랐다.

'모든 게 완벽했는데…… 어쩌자고 이런 실수를 했을까?'

내 머리를 쥐어박고 싶었다. 진짜 그렇게 할까? 그럼 어머니 마음이 조금 풀릴까.

"해령이 선생님 전화 받고 혼절하는 줄 알았어! 어디서 뭐하다가 이제 기어들어 와!"

놀이터에서 친구들과 놀다 왔다는 말을 겨우 했다.

"야!"

어머니의 핏발 선 눈이 너무 무서웠지만 화내시는 게 당연하다고 생각했다. 내 잘못이다. 내가 잘했어야 했다. 다시는 같은 실수를 하지 않겠다고 맹세했다. 하지만 나는 겨우 아홉 살이었다. 아홉 살은 실수하면 안 되는 나이가 아니라 실수하면서 배워 가는 나이였다.

그걸 나도, 어머니도 인정하지 않았다. 나는 실수를 멈출 수 없었다. 해령의 약을 깜빡하거나 제때 음식물 쓰레기를 버리지 못해 날파리가 보이기라도 하면 어머니는 화를 참지 못했다. 해령을 돌보는 일에 대해서 친구들에게 조금 털어놓았다가 어머니가 나를 구박한다는 뒷말이 돌았을 때는 정말이지 끔찍했다. 뒤집힌 어머니의 눈을 바라보며 다시 다짐했다. 새 집, 새 가족, 새 학교, 새 친구, 새 물건들 중 어느 것 하나 포기하고 싶지 않으니까 내가 더 잘하자고. 그렇게 7년을 살았다.

그 세월을 보내는 동안 차차 많은 것을 깨닫게 되었다. 이를 테면 어머니가 원한 것은 또 다른 딸이 아니라 그저 입주 도우미였다는 사실을, 어린 내가 꿈꾸던 정상 가족이라는 허울과 내 소유의 물건들은 그 일에 대한 대가라는 것을 말이다. 나는 새 가족에게서 제대로 된 보살핌과 사랑을 받을 수 없다는 사실을 인정해야만 했다. 그렇게 살아온 날들 동안 단 한순간도 마음 편한 적이 없었다. 나는 다음 소원을 빌었다.

'편안한 마음으로 나의 삶을 살고 싶어…….'

세 번째 소원은 이루어질까? 이번엔 다를지도 모른다. 과거로 갈 수 있는 기회가 아무에게나 주어지지는 않으니까. 나는 이 행운을 마음껏 누리고 싶었다. 과거로 갈 수만 있다면 현재를 바꿀 수 있을 것이다. 언제 어디로 가서 무엇을 할까. 어떻게 해야 완벽한 현재가 나에게 올 수 있을까. 나는 밤늦도록 이런저런 상상을 하면서 조금 즐겁기도 했다.

09. 탈출

다음날, 찌뿌둥한 몸으로 평소보다 조금 일찍 일어났다.
간밤에 악몽에 시달린 터라 제대로 자지 못했다. 꿈속에서
나는 밤새 땅굴을 따라 내려갔다. 갈수록 폭이 좁아져서 결
국 앞으로도 뒤로도 나오지 못한 채 갇히고 말았다. 어둡고
축축한 곳에서 나는 망연자실했다.

'이제 어떡하지?'

숨이 점점 가빠졌다. 호흡이 엉키면서 코와 입이 사방의
흙을 빨아들였다.

죽을 것 같다고 생각하던 그 순간, 눈이 번쩍 떠졌다. 신
선한 공기였다. 벌렁벌렁 뛰는 심장을 쓸어내리며 살았다고
안도했다.

'괜찮아, 다 꿈이었어.'

하지만 악몽에서 탈출해 도착한 현실도 편안하지 않았다.

내 마음이 어떻든 아침 준비를 해야 했다. 해령을 챙겨 학교에 보내야 했으니까. 부스럭거리는 소리를 내지 않기 위해 조심하며 일어났다. 이불을 걷어찬 해령의 다리가 추워 보였지만 깰까 봐 다시 덮어 주지 못했다.

끼익. 문소리에 해령이 잠을 깼다.

"언니······."

"어어, 해령이 더 자. 언니가 아침 다 되면 깨워······."

하지만 해령이 더 잘 리가 없다. 거실로 나가는 동생 뒤를 따르면서 걱정이 시작되었다. 숙취에 시달리느라 평소보다 더 예민한 어머니를 일찍 깨우고 싶지 않았다. 깨워서 좋을 일이 하나도 없을 테니까. 해령을 소파에 앉힌 뒤 제일 좋아하는 애니메이션 〈어나더 월드〉를 틀어 주었다. 익숙한 주제가가 나오자 해령이 어깨를 흔들며 노래를 따라 불렀다.

그사이 양치를 하고 머리부터 감았다. 그래도 신경은 온통 거실로 향해 있었다. 다행히 해령은 볼륨을 줄인 애니메이션을 불만 없이 잘 보았다. 어머니의 기척은 느껴지지 않았다. 해령을 챙겨 나갈 때까지 부디 숙면하시기를.

식빵과 계란을 굽고 토마토를 썰어 간단한 아침 식사를 준비했다. 해령과 나를 위해 우유 두 잔을 따르고, 어머니를 위해서는 커피를 내렸다.

"해령아, 아침 먹자."

대답 없는 해령에게 다가가서 소곤소곤 귓속말을 했다.

"공주님, 우리 이제 아침 먹어요."

그런데 타이밍이 나빴다. 주인공이 자신을 구하겠다고 호기롭게 달려온 왕자님에게 기회를 주지 않고 스스로 괴물을 물리치는 장면. 해령이 제일 좋아하는 부분이었다.

"아, 씨, 싫어."

이럴 때 해령의 얼굴 근육은 어머니와 똑같이 움직인다. 리모컨 정지 버튼을 눌렀다. 그리고 눈높이를 맞춘 다음 설명했다.

"해령아. 나쁜 말은 안 쓰기로 했지? 자, 이제 아침 먹자."

손을 잡고 일으키려던 순간, 해령이 나를 물었다.

"아악!"

나는 해령에게 사정했다.

"해령아, 이거 놔. 언니 진짜 아파."

하지만 해령은 두 눈을 꼭 감고 내 손을 놔주지 않았다. 다른 손으로 해령의 입을 억지로 벌리려다 그만 코를 치고 말았다.

뚝, 뚝, 뚝.

작고 창백한 해령의 코에서 새빨간 피가 뚝뚝 떨어졌다.

그러자 해령이 입을 벌리고 소리를 질렀다.

"아아아아아악!"

결국 이런 식으로 어머니를 깨우고 말았다. 불안한 마음에 가슴이 뛰기 시작했다. 해령의 피를 닦는데 횡설수설 말이 쏟아졌다.

"그게, 어머니 깨울까 봐 영상을 틀어 줬는데요. 밥 먹이려다가 해령이가 제 손을 깨물어서……."

안방 문을 부술 것처럼 열고 나온 어머니는 뒷말을 기다리지 않았다.

"그래서 내 딸 코를 쳤다고?"

"그게 아니라 해령이가 먼저……."

'내 딸'이라는 말에 눈물이 핑 돌았다. 어머니의 눈에는 핏물 배인 내 손등의 선명한 이빨 자국은 보이지 않는 것 같았다. 서러운 마음에 손등만 어루만졌다.

"너, 지금 네 손등 봐 달라고 거기 그렇게 서 있니? 화장지 안 가져와?"

어머니가 내 손에서 화장지를 낚아챘다. 정신없이 해령의 피를 닦고 놀란 아이를 달래기 위해 다정한 말을 속사포처럼 쏟아내는 양어머니를 착잡한 마음으로 바라보았다.

"엄마."

어머니를 부르는 말이 아니라 제 새끼를 챙기는 엄마의 모습은 딱 저러해야 한다는 생각에 나도 모르게 그 말이 튀어나왔다. 어머니는 대답 대신 세모눈으로 나를 쏘아보았다.

"해령이가 먼저……."

나는 가만히 손등을 내려다보았다. 마음속으로 마구 소리 지르고 싶었다.

'저도 당신 딸이잖아요! 지금부터는 지해수라고 했잖아요. 지해령의 언니, 지해수. 지경희의 딸들. 기억은 해요?'

어머니가 날카로운 목소리로 물었다.

"그래서?"

더는 내가 하고 싶거나 듣고 싶은 말이 없다는 걸 안다. 어머니에게 애정과 보살핌을 기대하지 않은 지 오래되었다. 나는 해령에게 말했다.

"해령아, 언니가 미안해. 하지만 해령이도 언니 손 깨무는 거 아니야."

그 말에 어머니가 해령 대신 답했다.

"야, 너 몰라서 그래? 그게 해령이의 의사 표현 방식이라는 거?"

대화를 그쯤에서 멈추었어도 됐을 거다. 어머니가 신호를 보내기 시작했고 나는 그걸 귀신같이 알아챘으니까. 조금만 더 선을 넘으면 내가 너를 잡고 말리라는 신호를. 그런데 그냥 줄줄 말이 나왔다.

"해령이도 배워야죠. 이게 의사 표현이 아니라 폭력이라는 걸요. 해령이가 학교나 밖에서……."

어머니가 비명 지르듯 소리쳤다.

"야!"

자기 친딸에 대해 조언하는 세상 사람들에게 어머니가 반응하는 방식이었다. 어머니는 벌떡 일어나 내 머리채를 움켜잡았다.

"내가 너를 너무 오냐오냐했지?"

정말 아팠다. 손아귀에서 빠져나오려고 발버둥 칠수록 더 아팠다. 나는 상반신이 활처럼 휜 채 넘어지지 않으려고 달달 떨리는 두 다리에 잔뜩 힘을 주며 간신히 버텼다.

"이게 어디서 훈수질이야? 너, 나한테 이러면 안 되지. 내가 너한테 어떻게 했는데? 밥을 굶겼어? 발가벗겼어? 공부를 안 시켰어?"

부모가 자식에게 할 도리는 다했다는 논리. 틀린 말은 아니다. 나는 옷을 입고 학교와 학원에 다니며 세끼를 챙겨 먹었다. 그런데 진짜 엄마와 자식의 관계는 밥과 옷과 공부로만 설명할 수 없는 것 아닌가.

나는 해령이 되고 싶었다. 다정한 눈빛, 언제나 더해 주지 못해 미안해 하는 말투, 따스한 손길……. 내가 진정 원한 건 그런 것이었다.

"야, 좀 살다 보니까 네가 진짜 내 배 아파 낳은 딸이라도 된 것 같아?"

어머니는 내 머리채를 던지듯 놓으며 덧붙였다.

"아니, 착각하지 마. 넌 해령이나 똑바로 보살펴. 그게 네가 할 일이야."

얼룩덜룩한 얼굴 위로 눈물이 줄줄 흘렀다. 무섭고 끔찍했다. 지금까지 한 것으로는 충분하지 않다는 선고였다. 내일도, 모레도, 미래에도 나는 여전히 엄마의 인정과 애정을 갈구하며 해령을 키워야 하는 운명이라는 선고.

나는 시선을 돌려 이제 제 엄마처럼 비명을 지르기 시작한 해령을 빤히 쳐다봤다. 조금 전까지 내가 싫다고 고래고래 소리 지르던 해령은 이제 제 엄마를 향해 악다구니를 썼다.

"엄마, 나빠! 미워! 언니 때리지 마!"

0.1초 만에 눈빛을 바꾼 어머니가 해령에게 애걸했다.

"아이고, 해령아. 엄마가 미안해. 엄마가 좀 참아야 하는데……. 미안해, 우리 해령이 많이 놀랐지?"

어머니는 해령을 껴안고 연거푸 사과했다. 겁에 질린 해령과 미안해서 어쩔 줄 모르는 어머니. 모녀, 진짜 모녀를 바라보는 내 머릿속에 잊고 지낸 오래된 기억 하나가 떠올랐다.

새 학교에서 새 학기를 시작한 지 한 달이 좀 지났을까. 학부모 참관 수업 날이었다. 그날 어머니가 와 주셨다. 해령을 제때 귀가시키지 못해 어머니를 크게 실망시켰는데도 학교에 와 준 어머니가 진심으로 고마웠다. 나에게 오기 위해 잠시 마트까지 다른 사람에게 맡겼다는 사실이 나를 딸로 인정하기 시작했다는 증거처럼 느껴졌다. 그래서 냉랭했던 몇 주간의 상황이 앞으로는 좀 달라질 수도 있겠다고 기대했다. 엄마 대신 할머니가 오신 어떤 친구를 안쓰럽게 여겼던 마음까지 고스란히 되살아났다. 그때 나는 수업 후에 교실 뒤편으로 달려가 다른 친구들처럼 '엄마' 하고 부를 수 있다는 사실이 믿기지 않을 만큼 좋았다.

수업이 끝나고 나는 기쁜 마음으로 엄마를 불렀다.

"엄마."

자랑스러웠다, 엄마가 있는 나와 나를 위해 시간을 내준 엄마 모두. 다른 아이들도 이런 생각을 할까? 처음부터 내내 있던 엄마가 오늘 갑자기 자랑스럽기도 할까? 나는 다른 친구들처럼 엄마를 배웅하기 위해 교실 밖으로 나서며 뒤에서 슬그머니 어머니의 손을 잡았다. 그때 어머니가 말했다.

"애, 너 뭐 하니?"

나는 주변부터 살폈다. 혹시 누가 들을까 봐, 내가 사랑받지 못한다는 사실이 들통날까 봐 심장이 쿵쿵 뛰었다.

'우리 사이는 좋아질까, 아니면 이것 때문에 더 나빠질까. 괜찮을까, 우리?'

괜찮아지려면 그런 순간은 되도록 빨리 잊는 게 좋았다. 나는 나쁜 기억을 정리하는 데 선수였다. 하지만 어떤 기억은 결코 삭제되지 않는다는 것을 조금 더 커서 깨달았다.

나는 여전히 서로 꼭 껴안고 있는 어머니와 해령을 등지고 화장실로 향했다. 연거푸 세수를 하며 손등에 얼룩진 피를 씻어 냈다. 그러곤 해령과 함께 쓰는 방으로 가서 내 가방을 찾았다. 책상 위에 있는 소지품을 손에 잡히는 대로 가방에 쑤셔 넣었다. 스마트폰, 일기장, 필통, 지갑 같은 것들. 그리고 거실로 나와 어머니를 위해 내려놓은 커피를 단숨에 들이켰다. 어머니는 미친 사람 다 보겠다는 눈빛으로 나를 쏘아보았다.

"야, 거기 서!"

나는 대꾸하지 않고 운동화를 구겨 신었다. 뒷덜미가 서늘했다. 언제라도 다시 어머니의 손이 내 머리채를 잡아챌 것만 같았다. 다행히 현관문을 여닫는 동안에 그런 일은 일어나지 않았다.

왜 소원을 들어주는 지니가 하필 지금 나타났을까. 내가 좀 더 괜찮을 때 왔다면 좀 더 괜찮은 소원을 빌 수 있었을 텐데. 나는 지금 물에 빠져서 어푸어푸 발버둥 치는 거나 마찬가지다. 달리 무슨 소원을 빌겠는가.

'구해 주세요. 살려 주세요.'

나는 살고 싶었다.

10. 템푸스 타워

자율주행 버스에서 내려 템푸스 타워를 올려다보았다. 짙은 먹구름을 뚫고 올라간 빌딩은 그 끝이 보이지 않았다. 하늘은 당장이라도 비를 토해 낼 것처럼 으르렁거렸다. 우산이 없는 나는 봉변을 당하지 않기 위해 건물 입구를 향해 종종걸음을 옮겼다.

홧김에 집을 나오긴 했지만 달리 갈 곳이 없었다. 순간적으로 타임 투어가 떠올라서 템푸스 타워에 왔지만 접수가 제대로 됐는지 변호사님에게 따로 들은 바가 없었다. 괜히 민망한 상황만 연출하게 되는 건 아닐지 좀 불안했지만 이대로 집에 돌아가고 싶지 않았다.

'해령이는 학교에 잘 갔을까?'

나는 이내 그 질문을 머릿속에서 몰아내려 두 눈을 질끈 감고 도리질했다. 귀하신 친딸 챙기는 일인데 어머니가 어련히

알아서 잘하셨겠지. 마트 조금 늦게 연다고 큰일 생기진 않을 거라고 나를 다독였다.

'이제 어쩔 수 없어. 이미 일어난 일이야.'

회전문을 통과해 1층 안내소를 향해 뚜벅뚜벅 걸어갔다. 안내 직원이 나를 향해 서비스직 특유의 빈틈없는 미소를 발산하며 자리에서 벌떡 일어났다.

"안녕하세요. 저…… 타임 투어 때문에 왔는데요."

"안녕하십니까, 고객님. 현재 타임 투어는 온라인으로 신청받고 있습니다."

"그게…… 홈페이지 접속이 안 되더라고요. 제가 좀 급한데 도와주시면 안 될까요?"

나는 최대한 애처롭게 보이기를 바라면서 직원을 올려다보았다. 직원이 나를 아래위로 훑고는 대답했다.

"죄송합니다. 현장 접수는 주주 대상으로만 받고 있습니다. 일반 회원은 홈페이지를 통해 접수하시면 저희 콜센터에서 순서대로 연락드리고 있습니다."

"주주요? 저한테 있어요, 템푸스 주식."

대화가 끊기면 쫓겨나기라도 할까 봐 다급하게 말했다. 직원은 전혀 믿지 않는 눈치였지만 어쩔 수 없이 절차에 따라 확인해 주는 듯했다.

"성함이 어떻게 되시죠?"

"지해수. 지해수예요!"

내 이름이 명단에 없다고 했다.

'변호사님이 일을 마무리하지 않은 걸까?'

그러다가 문득 이모가 남긴 유산이니 입양 전 이름으로 올라갔을지도 모른다는 생각이 들었다.

"그럼 차서정, 차서정으로 한 번만 더 확인해 주세요."

전혀 죄송하지 않은 얼굴로 직원이 다시 사과했다.

"죄송합니다만, 차서정이라는 이름도 없습니다."

"무슨 일이죠?"

그때 누군가의 목소리가 뒤편에서 울렸다.

"안녕하세요, 대표님."

직원은 대표에게 상황을 설명했다. 대표는 나를 향해 다정한 미소를 지으며 살짝 몸을 숙였다.

"실례지만, 성함이 어떻게 되시죠?"

"지해수…… 그리고 차서정이요. 제가 사정이 있어서 이름이 두 개거든요."

대표는 뒤따른 직원에게 두 개의 이름을 확인해 보라고 말했다.

"김 비서님이 확인할 동안 잠시 제 사무실에 가서 기다리

시겠어요?"

세상에 이런 일이! 그 사람은 한다경이었다. 템푸스를 세운 바로 그 한다경 대표였다.

11. 타임 투어

우리는 대표실로 향하는 전용 엘리베이터에 함께 올랐다. 지상에서는 먹구름에 가려 보이지 않던 꼭대기 층에 순식간에 도착했다. 세계적인 기업의 대표로 산다는 것은 이렇게 세상을 자기 발 아래에 두는 일일까.

'최고의 학교를 졸업하고 최고의 기업을 운영하며 최고의 삶을 살고 있을 게 분명한 한다경 같은 사람은 나를 조금도 이해할 수 없겠지. 이렇게 반짝반짝 빛나는 삶은 타임 투어를 떠날 이유가 없을 거야. 그냥 오늘 하루 충실하게 살면 되니까. 오늘이라는 시간, 오늘의 나에게만 집중하면서.'

하긴, 타임 투어를 처음 검색했을 때 상위 1 퍼센트의 사람들이 타임 투어를 어떻게 이용하는지 영상을 본 적이 있다.

"바꾸고 싶은 과거요? 지금이 이렇게 좋은데 과거를 왜 바꿔요?

뭐 바꾸려고 떠나는 거 아니에요. 그냥 고장 나기 전의 지구를 즐기러 가는 거죠. 40년 전 지중해에서 보낸 그해 여름을 다시 살아 보려고요. 인생에서 가장 찬란하고 안전했던 순간으로 가는 거죠. 마스크 없이 깨끗한 지구를 즐기려고요."

부자들은 그렇겠지. 하지만 어떤 사람들은 타임 투어에 현생을 걸었다. 당장 좀 개판으로 살아도 타임 투어 한 번이면 인생을 뒤집을 수 있다는 환상에 사로잡혀 돈이 된다면 뭐든지 다 했다. 개같이 벌어서 타임 투어에 탕진하는 게 심각한 사회 문제였다. 그 가운데 유명세를 얻은 사람도 있다.

임주영.

화성에 건설 중인 이주민 정착촌의 주거 시설을 그의 회사가 짓고 있다. 그러니까 그는 억만장자인 것이다. 그는 과거를 바꾸기 위해 악착같이 일했다고 했다. 무엇보다 돈이 필요했으니까. 유년기의 상처를 치료하기 위해 정신의학의 도움을 받을 생각은 처음부터 하지 않았다. 그는 자기 인생을 다시 설계하고 싶었다. 못마땅한 구석을 모두 정리하고 완벽한 과거를 가진 완벽한 인간을 꿈꾸었다. 그만큼 천문학적인 액수를 타임 투어에 쏟아부은 인물도 없기에 그는 전설이 되었다. 성공 케이스가 아닌 실패 케이스로.

"저의 첫 번째 타임 투어 목적지는 열두 살이었습니다. 그때 저는 어머니의 세 번째 결혼을 방해하는 걸림돌이었거든요. 저를 보육원에 데려가려고 했던 그날 아침, 미래에서 온 억만장자 아들을 본 어머니는 순순히 내 말을 믿었습니다. 나를 버리지 않고 잘 키우면 자신은 저절로 억만장자의 어머니가 될 거라는 미래를……. 생각보다 쉽게 받아들이더군요.

그런데 웃기죠? 그 뒤로 내 인생이 별로 달라지지 않았어요. 사업이 대박을 터트리고 순식간에 부자가 된 것은 똑같았지만, 어머니의 인생이나 우리 관계는 조금도 나아지지 않았어요. 어머니의 첫 번째 삶은 행려병자로 떠돌다 사망하는 것으로 끝납니다. 나뿐만 아니라 어머니에게도 제대로 살 기회를 주고 싶었는데……. 어머니는 두 번째 기회가 온 줄도 모르고 끝까지 어리석었죠. 어머니는 내가 벌어들일 막대한 부를 가불하는 데 급급했습니다. 엄청난 빚을 끌어다 가짜 인생을 살았죠. 문제가 생길 때마다 어차피 미래의 내가 다 해결해 줄 거라는 식이었습니다. 어머니는 미래의 나를 만났다는 사실도 굳이 숨기지 않았어요. 술만 마시면 같은 말을 반복했죠. 아주 들뜬 표정으로요.

"넌 성공할 거야. 넌 부자가 될 거야. 그날 아침 내가 다 봤어."

더는 타임 투어를 가지 않겠다고 결심하기까지 긴 시간이 걸렸습니다. 다녀올 때마다 온갖 불행을 다 겪은 것 같아요. 차라리 첫 번째 삶이 가장 낫다는 생각마저 들었으니까요. 이보다 내 삶이 더 엉망진 창이 될 수 없다고 느껴질 때쯤에야 정신을 차렸습니다. 그러니 여러 분, 과거로 갈 생각은 접으세요. 과거를 바꾼다고 해도 달라지지 않 아요. 지금 있는 이곳에 머물러야 합니다. 여기에서만 할 수 있어요. 지금 여기에서만……."

"해수 님."

나를 부르는 대표님의 목소리에 정신이 번쩍 들었다. 한다 경 대표는 도시가 훤히 내려다보이는 창가 앞 소파에서 나를 기다리고 있었다. 앉으라는 듯 상석을 가리키며 손짓했다. 늘 구석 자리를 찾던 나였지만 대표님의 호의를 거절할 수 없 어 그 자리에 앉았다. 대표님이 카모마일 차를 우리는 동안 나는 장대비가 쏟아지는 창밖을 멍하니 바라보았다. 흐릿했 다. 세상이 제대로 보이지 않았다. 대표님은 나와 사선으로 마주 보는 자리에 앉아 찻잔을 건넸다. 찻잔을 움켜쥔 손바 닥을 통해 온몸 구석구석까지 열기가 전달됐다. 그제야 내가 떨고 있다는 것을 알았다.

"감사합니다."

대표님은 카모마일 차만큼이나 따뜻한 눈빛으로 나를 바 라보며 싱긋 웃었다. 대화가 끊어질까 봐 머리를 쥐어짰다.

'무슨 말이라도 해야 하는데. 궁금한 게 있다거나……..'

대표님이 불쑥 물었다.

"해수 님, 지금 저한테 질문하려고 했죠?"

"어떻게 아셨어요?"

"타임 투어 다녀왔느냐고요."

토끼 눈을 한 나를 보며 큭큭 웃던 대표님이 말을 이었다.

"날 처음 만나는 사람들은 언제나 그 질문부터 하니까요."

기껏 생각해 낸 질문이 대표님이 이미 수천 번이나 들은 뻔한 질문이라니. 민망해서 얼굴이 달아올랐다. 온기와 차 덕분에 따뜻해진 몸이 이제는 덥게 느껴질 정도였다.

"언론에서 제가 타임 투어를 다녀왔다는 이야기 들어 본 적 있어요?"

"아뇨, 유튜브에서도 못 본 것 같아요."

"하하하, 유튜브! 극비 사항이니까요."

대표님은 이 대화가 정말 즐겁다는 듯 아이처럼 깔깔 웃었다.

"그럼…….."

"당연히 다녀왔죠. 학창시절 내내 진짜 열심히 공부한 이유가 다 있거든요."

타임 투어에 대해 처음 들었을 때 나는 그게 대충 최면 비

숫한 사기극이겠거니 짐작했다. 말이 안 되는 일이니까. 유명한 누구누구가 다녀왔다는 뉴스를 접하면서는 그게 아무리 가능한 일이라고 해도 나와는 상관없다고 생각했다. 아파트 몇 채나 하는 경비를 지불하고 과거로 여행을 떠나는 사람들이 나와 무슨 상관이 있겠는가. 그런데 지금 그 타임 투어 개발자가 내 앞에 앉아 있다.

똑똑.

김 비서님이었다. 잠시 작은 목소리로 대화를 나눈 후 대표님의 표정이 밝아졌다.

"상속 절차가 진행중이네요. 하지만 걱정할 것 없어요. 결제 건은 주 변호사님과 따로 처리하면 되니까요. 오늘 이왕 이렇게 온 거 우리 상담 팀과 투어 일정을 잡고 돌아가면 되겠네요."

우리의 짧은 만남이 끝났다. 이제 나는 저 엘리베이터를 타고 지상으로 돌아가야 했다. 그다음에는 어디로 가지? 내가 있던 곳으로? 집? 그런데 그곳이 정말 내 집일까? 아주 짧은 시간이었지만 대표님은 좋은 사람 같았다. 좋은 사람에게 한 번만 더 부탁하기로 했다.

"혹시…… 오늘 떠나는 상품이 있을까요?"

순간 대표님의 얼굴에 물음표가 떠올랐다. 하지만 이내 다정한 표정으로 침착하게 대답했다.

"물론 있죠. 우리는 단체 여행 상품이 아니라 자유 여행 상품만 판매하거든요. 언제든 어디로든 갈 수 있는 여행이고요. 고객님이 원하신다면 당연히 가능합니다."

나는 잠시 생각에 잠겼다. 내가 원한다면 당연히 가능하다는 말에 용기가 솟구쳤다. 지금 내게 필요한 것은 누군가의 허락이나 조언이 아닌, 스스로 내리는 결정이다. 대표님의 말이 꼭 타임 투어만을 뜻하는 게 아닌 것 같았다. 나는 마음을 정했다.

12. 결심

또 다른 엘리베이터를 탔다. '공항' 전용 엘리베이터라고
했다. 템푸스 타워는 높기만 한 게 아니라 어마어마하게 넓
기도 한 모양이다. 활주로를 따라 이륙하듯 타임머신 기계가
웜홀을 타고 비행이라도 하는 걸까. 복도를 따라 한참을 가니
커다란 문이 나왔다. 잠깐 상상했던 활주로나 비행기는 없었
다. 어마어마하게 거대한 컴퓨터와 복잡한 장비들이 가득한
실험실이 보였을 뿐이다.

공항이라고 해서 비행기를 타고 하늘을 나는 상상을 했
다. 나는 비행기를 타 본 적이 없다. 학교에서 현장 학습으로
탈 기회가 있었지만 해령을 돌봐야 하는 내게는 어림도 없는
일이었다. 여행 경험이라도 있었다면 지금보다 덜 긴장됐을
까. 심장이 엄청 크게 쿵쾅대고 있었다.

"지금 바로 출발하나요?"

"우선 서명부터 하고요."

대표님은 내게 전자 패드를 내밀었다. 거기에는 이런 문장이 쓰여 있었다.

타임 투어 후 발생할 수 있는 일체의 나비 효과나 부작용에 관해 본사의 책임을 묻지 않는다.

"나비 효과요? 부작용이요?"

"유튜브를 끝까지 안 본 것 같은데요?"

유튜브 몇 편 찾아보고 타임 투어에 관해 알 만큼 안다고 생각한 게 착각이었다. 그저 과거를 바꾸면 현재가 달라질 수 있다는 마법 같은 논리에 매료되어 나비 효과 따위 알 게 뭐냐 싶었다. 임주영의 영상을 흥미롭게 끝까지 다 봤으면서도 말이다.

대표님은 내 손을 덥석 잡으며 덧붙였다. 마치 내게 용기를 불어넣으려는 듯이.

"괜찮아요. 원래 여행이 그렇잖아요. 무슨 일이든 일어날 수 있다는 리스크를 받아들이는 일. 그게 화성 여행이든, 시간 여행이든 그걸 감수할 용기가 있는 자만이 모험을 떠날 수 있어요."

나는 내게 무슨 일이 더 일어날까 봐 걱정하지는 않는다. 그런 건 아무래도 상관없다. 내 삶이 이보다 더 슬퍼지거나 나빠질 수 없다고 생각하기 때문이다. 다만 나비 효과나 부작용이라는 게 해령에게 나쁜 영향을 줄까 봐 걱정되었다. 눈을 질끈 감고 생각을 물리치려 도리질해 보았지만 한번 들러붙은 걱정은 쉽사리 사라지지 않았다.

대표님이 내게 물었다.

"해수 님, 나도 질문이 하나 있는데요."

왠지 어떤 질문을 할지 짐작되어 바로 되물었다.

"왜…… 가냐고요?"

"해수 님이 우리 템푸스의 최연소 타임 투어 관광객이에요. 해수 님만 괜찮다면 홍보 영상을 찍고 싶어요. 사람들이 열광할 거예요."

솔직하게 말해도 될까. 동정의 대상이 되고 싶지는 않다. 어디까지 말해야 나에게 호의를 보여 준 대표님과의 관계를 망치지 않을 수 있을까.

"물론 해수 님이 동의하지 않으면 인터뷰는 없어요. 하지만 하고 싶은 말이 있다면 나에게만 해도 괜찮아요."

털어놓고 싶기는 했다. 누군가가 내 이야기를 들어 준다면 좋을 것 같았다. 하지만 어디서부터 말해야 할까. 생후 100일에도 엄마 마음에 들지 못했던 내가…….

"대표님, 전에도 과거에 다녀온 적 있어요?"

뚱딴지같은 나의 질문에 대표님이 고개를 번쩍 들며 물었다.

"네?"

대표님이 잠깐 생각하고는 말했다.

"수십, 수백 번은 다녀온 것 같아요. 어떤 기억은 우리를 끊임없이 같은 장소, 같은 시간으로 불러내잖아요. 기억하는 한 벗어날 수 없다는 거 정말 끔찍하지 않아요?"

나는 잘 이해되지 않았다. 대표님이 말을 이었다.

"나도 아주 오랫동안 과거에 머물러 있었어요. 그러다 타임머신까지 만들었고요. 진짜로 다녀와야겠더라고요. 앞으로 내 인생을 더 잘 살려면. "

이렇게 반짝반짝 빛나는 삶도 아플 수 있다고? 그 말이 묘하게 위안이 됐다. 나만 이렇게 사는 게 아니라는 공감은 힘이 셌다.

'누구나 자기 몫의 고통을 안고 살아가는구나.'

누구에게나 자기만의 아픔이 있다면 내 상처를 보여 주는 일이 그렇게 어려운 일이 아닐 것이다. 나도 모르게 주변 직원들을 힐끗 바라보았다. 다들 자기 일을 하느라 바빠서 나와 대표님의 대화에 아무도 신경 쓰지 않는 것 같았다.

"아홉 살로 돌아가요, 매번. 그때의 나는 지금의 나에게 미안해 해요. 하지만 사과를 받아 주고 싶지는 않아요. 달라지는 게 아무것도 없으니까요. 나는 선고를 내려요. 땅 땅 땅. 나를 봐, 나를 봐, 네가 무슨 짓을 했는지 똑똑히 봐……. 어머니가 내게 못되게 구는 거……. 그거 다 내 잘못이에요. 입양은 내가 한 선택이거든요. 가족만 생기면 행복해질 줄 알았어요. 그런데 그게 다가 아니었어요. 잘못된 소원을 빌었다는 걸 나중에 깨달았어요. 저는 다시 시작하고 싶어요. 다른 선택을 해서 다른 삶을 살아 보고 싶어요."

대표님은 주위의 누구도 의식하지 않는 것 같았다. 오직 나에게만 집중했다.

"상속받은 주식이 어마어마하더라고요. 타임 투어 말고 다른 걸 해 볼 생각은 없어요? 옷, 신발, 가방 그런 걸 사도 좋고 아니면 혼자 살 수 있는 안전하고 깨끗한 아파트에 입주할 수도 있잖아요. 그런 생각도 다 해 봤겠죠? 지금 여기에서 행복할 수 있는 방법에 대해서 충분히 고민해 본 거죠?"

생각해 본 적 없다. 원하지 않았기 때문이다. 나는 그저 다시 시작하고 싶을 뿐이다. 일어났던 일이 일어나지 않은 세상으로 가고 싶다. 그곳에서 다른 생각도 가능한 삶을 간절히 살아 보고 싶다. 나는 그 어느 때보다 확고한 마음으로 말했다.

"그래 봐야 발 딛고 서 있는 곳이 지옥이라는 사실은 달라지지 않잖아요. 제가 원하는 건 이 지옥문을 열고 밖으로 나가는 거예요."

13. 출발

대표님과 대화하면서 두려움이 많이 사라졌다. 내가 이 일을 얼마나 원하는지도 분명히 알게 되었다. 대표님도 더는 나에게 질문하지 않았다. 그저 내 두 손을 꼭 잡아 주었다. 우리는 함께 작은 방으로 들어갔다. 김 비서님이 건네 주신 작은 알약을 먹었다. 시공간의 터널을 지날 때 겪을 수도 있는 어지럼증, 이명, 구토 등의 증상을 완화해 주는 약이라고 했다. 헛구역질이 나오는 맛이었다.

비행기를 타는 대신 타임워치를 왼손에 찼다.

'이렇게 간단한 장비였구나.'

보통 시계와 크게 다르지 않았다. 그래서 더 신기했다. 이렇게 평범해 보이는 물건이 사람을 다른 시간과 공간으로 나른다는 사실이 믿기지 않았다.

"이번 주주 우대 투어는 한 시간짜리예요. 시간이 다 되면 타이머가 울릴 거예요. 카운트다운이 끝나기 전에 이 버튼을 눌러요. 그럼 안전하게 돌아올 수 있어요."

대표님의 설명대로 같은 동작을 두 번 반복했다. 하나도 어렵지 않았다. 이제 한 시간 뒤면 내 인생이 바뀔 것이다. 완전히 다르게.

'과거에 도착한 후 한 시간이 지나면 알람이 울린다. 10초의 카운트다운이 끝나기 전에 손목의 작은 버튼을 누른다. 안전하게 귀환한다.'

나는 마음속으로 순서를 다시 읊어 보았다. 이제 모든 준비가 끝났다. 나는 입양 하루 전날로 돌아갈 것이다.

나에게 행운을 빌어 준 대표님과 김 비서님이 문을 열고 나갔다. 내가 서 있는 곳에서는 바깥이 보이지 않았다. 하지만 모두 나를 바라보고 있을 것이다.

"2021년 2월 27일 37 31'31"N 126 56'56"E. 카운트다운 시작합니다. 10, 9, 8, 7, 6, 5, 4……."

카운트다운이 끝남과 동시에 하얀 섬광이 터졌다.

14. 한 사람

앞이 제대로 보이지 않았다. 따가운 빛이 눈을 찌르고 있었다. 아직 템푸스 타워 안인지 시간과 공간을 거슬러 자애원에 도착한 것인지 분간할 수 없었다. 누군가 내 머리를 쪼개려고 작정하고 몽둥이로 내리치는 것 같았다. 손을 휘휘 저어 보았지만 벽은 만져지지 않았다. 온몸에서 땀이 비 오듯 줄줄 흘러내렸고 심장은 둥둥 드럼 소리를 내고 있었다. 다시는 경험하고 싶지 않은 불쾌한 느낌이었다.

"우욱."

헛구역질 끝에 아침에 먹은 유일한 음식인 커피가 위액에 섞여 올라왔다.

"괜찮으세요?"

어린아이의 목소리였다. 어디에서 들려오는지 방향을 짐작할 수 없었다.

"아니, 도와주세요……."

손등으로 입을 닦아 내며 스르르 바닥에 주저앉았다. 아이의 발걸음이 멀어지는 것 같았다.

'도와줘, 제발…….'

엉덩이가 축축했다. 토사물 위에 쓰러진 것이다. 만신창이가 된 내 몰골이 머릿속에 그려졌다.

'커피를 마시는 게 아니었어.'

이번에도 짐작할 수 없는 방향에서 어머니의 목소리가 들려왔다.

'얘, 내가 뭐랬니. 싸가지 없게 굴면 혼난다고 했지!'

총총총.

이번엔 다가오는 발소리 같다.

"언니, 이거 마셔요."

나에게 물을 먹이는 아이의 작고 말랑말랑한 손길이 느껴졌다. 시원한 물을 꿀떡꿀떡 받아 삼켰다. 뿌옇던 시야가 조금씩 밝아졌다.

"물, 더……."

아이가 멀어졌다가 다시 다가오는 소리가 들렸다.

총총총.

작고 가벼운 존재의 소리. 아이가 건넨 컵이 흐릿하게 보였다. 이번엔 직접 물을 마셨다. 태어나 마신 물 중에서 가장 달았다. 그제야 주변이 눈에 들어왔다. 내가 잘 아는 곳이었다. 태어나 첫 9년을 살았던 자애원. 내 앞에 쪼그려 앉아 있는 작고 가볍고 외로운 아이도 눈에 들어왔다. 차서정이었다.

"원장님 불러올게요."

"아니, 아니야. 가지 마…….

아이는 더 큰 어른을 불러오지 말라는 내 말이 이상하게 들린 듯했다. 아이에게 나는 어떤 사람으로 보일까. 믿을 만한 사람처럼 보이지는 않을 것 같다. 물을 마셨더니 머리가 조금씩 돌아가기 시작했다.

"그게…… 내가 너를 만나러 왔거든. 원장님이 아니라."

"저를요? 저, 아세요? 혹시 우리 엄마를 알아요?"

나는 서정이가 무슨 생각을 하는지 훤히 다 알 것 같았다. 서정은 애타게 기다린 엄마가 드디어 사람을 보냈다고 생각했을 것이다. 하지만 서정은 재빨리 표정을 감추었다. 엄마를 기다렸다는 사실을 들키고 싶지 않은 마음일 것이다. 나는 서정이 말하지 않는 모든 말들을 이해할 수 있었다. 그리고 이 아이에게 헛된 희망을 주고 싶지 않았다.

"아니, 엄마가 보낸 거 아니야. 너한테 할 말이 있어서 온 거야."

아이는 눈을 내리깔았다. 이 작고 가볍고 외로운 아이는 실망감을 드러내지 않으려고 안간힘을 썼다. 나는 알고 있다. 어떤 위로도 이런 종류의 아픔을 치유할 수 없다는 것을.

"그럼, 누구세요?"

서정은 연기를 하고 있었다. 울고 싶지 않은 척하는 연기를. 내가 어릴 때 자주 쓰던 방법이다. 내 인생에는 나를 불쌍하게 바라보는 시선이 차고 넘쳤다. 그런 사람들 앞에서 눈물까지 흘리는 건 너무 비참했다. 동정의 대상이 되고 싶지는 않았다.

서정은 거무죽죽한 오물을 뒤집어쓴 낯선 나를 어떻게 받아들이고 있을까. 신뢰를 쌓기엔 시간이 너무 부족했다. 나는 직진하기로 했다.

"나는 너야. 미래에서 왔어. 너를 구하려고."

서정은 주위를 힐끔 둘러보고는 안전하다는 걸 확인했다.

"나를 구해요? 지진이라도 나요?"

"그게 아니라, 네 입양을 막으러 왔어."

"그럼, 언니랑 같이 사는 거예요? 설마, 나를 미래로 데려가요?"

서정은 또 설레고 있었다. 기대와 실망을 반복하는 서정이 더는 아프지 않기를 간절히 바랐다.

"아니…… 난 타임 투어가 끝나면 돌아가. 널 데려갈 수는 없어."

"그럼, 나를 어떻게 구해요?"

서정은 내일을 기다리고 있었을 것이다. 자애원에서 딱 하룻밤만 더 자면 내일부터는 어머니의 딸이자 해령의 언니로 살 수 있을 테니. 그래서 쉽사리 잠들지 못했을 것이다. 자애원에서의 마지막 밤이라고 생각하니 좋았던 것들도 많이 떠올라서 조금은 아쉽기도 했을 것이다. 그런데 갑자기 쿵 하는 소리가 났고 미래의 서정이라고 말하는 나를 만나게 된 것이다.

서정은, 과거의 나는 지난 몇 달간 노력했다. 어떤 실수도 하지 않기 위해, 어떤 문제도 일으키지 않기 위해. 혹시라도 어머니와 해령의 마음이 바뀌거나 내 언행 때문에 사달이 날까 봐 학교와 자애원에서 조심 또 조심했다.

자애원의 어떤 언니, 오빠는 끝내 가족을 찾지 못하고 퇴소했다. 퇴소하는 순간 어른이 되는 것이라고 했다. 하지만 행복한 어른은 되지 못했다. 갑자기 어른이 되는 것이 두렵다고 엉엉 울던 오빠나 독립한 후에도 자애원을 찾아오는 언니를 보면서 내 앞에 당도하려는 행운이 얼마나 엄청난 것인가 생각했다. 몇 달 동안 그렇게 공들였는데, 나 때문에 다 날릴 수도 있다고 생각하니 얼마나 겁이 날까. 서정은 뒷걸음질했다. 하지만 질문을 멈추지는 않았다.

"다 뻥이죠? 미래에서 왔다는 거. 언니가 나라면 모를 리 없잖아요. 내가 가족을 얼마나 간절하게 원하는지."

아직 아홉 살밖에 안 된 어린이에게 상처 주지 않는 선은 어디까지일까. 그 선을 지키면서 말하면 내가 원하는 것을 얻을 수 있을까? 아무것도 하지 못하고 돌아가면 타임 투어는 내 인생의 또 다른 후회와 자책으로 남을 것이다. 나는 내 과거와 미래를 위해 지금 여기에서 악역을 맡기로 했다.

"알아, 너무 잘 알아서 그래. 네가 지금 이렇게 간절히 원한 만큼 미치도록 후회한다고. 불행한 인생을 되돌리고 싶어서 땅을 친다고."

서정은 어이없게 생각하는 듯했다.

"가족과 집이 생기는데 어떻게 불행해져요?"

행복은 타인이나 바깥에서 얻는 게 아니라는 걸, 갖고 싶다고 열망했던 것을 소유한 후에 오는 것이 아니라는 걸 어떻게 설명할 수 있을까.

"네가 어려서 그래. 아홉 살이라서 아무것도 몰라. 나처럼 세상의 어둠을 다 빨아들이는 인간이 되고 싶은 거야? 가족? 어차피 사랑받지도 못해. 그런 건 아무것도 아냐. 조금만 더 크면…….”

“그런데, 내가 아직 안 크잖아요.”

“……그게 무슨 말이야?”

서정은 답답하다는 듯이 말했다.

“내가 아직 어리잖아요. 그래요, 난 아홉 살이에요. 나는 언제 크는데요? 언제 아무렇지 않아지냐고요? 난 친구도 없고 가족도 없고 언제 어디서나 혼자예요. 나에겐 하루가 너무 길어요. 언제 커서 언제 아무렇지 않아지는 거냐고요…….”

“기다려.”

“기다리면…… 그다음엔 진짜 다 괜찮아져요? 자애원에서 언니만큼 클 때까지 기다리기만 하면 진짜 다 괜찮아져요?”

나는 말하고 싶었다. 기다리기만 하면 거짓말처럼 정말 모든 게 괜찮아진다고. 하지만 정말 그럴까. 사실 나도 모른다. 그 삶을 아직 살아 보지 못했으니. 그럴 거라는 기대만으로 타임 투어를 떠나왔다. 그 삶은 그 삶대로 외롭고 괴롭고 슬플 수 있겠지. 어머니와 해령이 내 곁에 있든 없든 나는 아무튼 혼자일 테니. 어떤 경우에도 나는 혼자였다. 아무리 긴 시간이 흐른다 해도 마음에 뚫린 구멍은 메워지지 않을 것이다.

"언니도 학교 끝나고 집으로 돌아가고 싶다는 생각, 해 봤잖아요. 유니콘 그려진 핑크색 가방도 갖고 싶고, 친구들이 부모님 이야기할 때 가짜 부모님이라도 있으면 좋겠고……. 나처럼 그런 생각 해 봤죠? 그거 다 해 본 거죠? 근데 그게 진짜 다 나빴어요? 나쁘기만 했어요?"

서정의 막연한 동경은 당연한 것이다. 지금 내가 여기에 와 있는 이유도 바로 살아 보지 못한 삶에 대한 막연한 동경 때문이니까. 지금의 나도 하지 못하는 것을 어린 나에게 해 내라고 요구하다니. 나는 무척 혼란스러웠다.

손목에 찬 타임워치가 묵직했다. 시간이 얼마 남지 않았다. 이렇게 서정의 속을 뒤집어 놓고 나는 떠나야 한다.

'이렇게 돌아가면 거짓말처럼 모든 게 완벽해져 있을까. 아니, 애초에 내 계획이 완벽했던 걸까?'

나 자신에게 되물었을 때, 불현듯 이 계획에 뚫린 무수한 구멍이 느껴졌다. 그 헐거운 틈으로 후회와 슬픔이 해일처럼 들이닥쳤다. 나는 왜 여기까지 왔을까. 내가 진짜로 원한 건 무엇이었을까?

"나도 모르겠다. 나는 너무 힘들었어. 그런데 날 도와주는 사람이 없었어. 그래서 온 거야. 널 도와주려고……. 후회할 일 또 만들지 말고, 그냥 내 말대로 하면 안 될까?"

"후회는…… 언니가 하는 거잖아요."

그 말에 온몸이 굳었다. 서정의 지적은 정확했다. 서정은 나를 꿰뚫어 보고 있었다. 당연하다. 우리는 서로 다른 두 사람이 아니니까. 어린 나의 말은 처음부터 지금까지 다 맞기만 했다. 나는 부끄러워서 꼼짝도 할 수 없었다.

"난 해 보고 싶어요. 언니 말대로 나중에 다 후회하게 되더라도 이렇게 과거로 돌아오지 않을게요. 언니가 걱정하는 게 그거라면 약속할 수 있어요. 계속 힘내 볼게요."

서정은 몰랐다. 자기 자신을 미워하는 삶을 받아들일 수 있는 사람은 없다. 이 아이는 왜 이렇게 고집이 센 걸까.

"사랑 같은 거 못 받아도 괜찮아요. 난 더 이상 혼자 있고 싶지 않은 것뿐이라고요……."

혼자 있고 싶지 않은 마음. 그거라면 나는 이 아이를 더는 설득할 수 없다. 서정은 결코 미래의 내가 내린 선택을 이해할 수 없을 것이다.

나는 또 어리석은 선택을 했다. 모든 게 끝났다. 나는 내 운명을 바꿀 수 없다.

'서정도, 나도 내내 외롭겠지. 차라리 다른 시간으로 가서 다른 선택을 할 걸. 아니, 아무것도 하지 말 걸.'

어차피 서정이 할 수 있는 일은 없다. 그런데…… 나는? 그

걸 다 겪은 나는 다른 선택을 할 수 있다. 애초에 아홉 살 어
린이가 할 수 있는 일이 아니었다.

'이건 내가 해야 하는 일이야.'

15. 선택

왼손에 찬 타임워치를 만져 보았다. 모르는 사람이 보면 그저 평범한 손목시계라고 생각할 것이다. 이 시계가 원래대로 작동하지 않으면 어떻게 될까?

'시간 여행의 규칙을 어긴 주인공들이 어떻게 됐지?'

상상하고 싶었지만 떠오르는 게 없었다. 이후의 내 모습은 안개에 갇혀 있는 것처럼 막막하게만 느껴졌다. 아무리 생각해 봐도 좋은 일이 생길 것 같지 않았다. 하지만 이대로 돌아가도 내 인생에 좋은 일 같은 건 없을 것이다. 나는 지금 할 수 있는 일을 해야 한다. 그 일이 불러올 다른 시간대의 파장까지 생각하고 싶지 않다. 과거나 미래는 내 소관이 아니다.

타임 투어를 떠나기만 하면 잘못된 수를 모두 무르고 처음부터 다시 시작할 수 있을 줄 알았다. 큰 착각이었다. 후회가 뒤따르지 않는 선택은 없다. 다만 후회로부터 배운 후 다음

순간에 더 나은 선택을 하면 된다. 바로 지금처럼.

나는 평생 외로웠다. 아무도 없다고 착각했기 때문이다. 하지만 사실 내게는 누구보다 소중한 나 자신이 있었다. 세상을 미워하고 남을 탓하는 것은 너무 쉽다. 어렵더라도 나는 나 자신을 응원하고 위로하고 사랑해야 한다. 내가 진짜로 원하는 것은 나 자신과 잘 지내는 것이었다. 서정을, 어린 나를 마주하면서 마침내 깨달았다.

앞으로 지해수는, 차서정은 어떤 이름으로 불리든 지금 여기에서 살아야 한다. 나는 결심이 섰다.

"서정아, 네 말이 맞아. 넌 아직 안 살아 봤잖아. 넌 그 인생을 살아 볼 권리가 있어. 세상 그 누구도, 심지어 나조차도 너에게서 그 권리를 빼앗을 수는 없어."

서정은 눈을 동그랗게 떴다. 그 모습이 안도하는 것 같기도 하고 걱정하는 것 같기도 했다.

"그럼, 해령이 언니로 살아도 돼요? 그럼, 언니는요?"

"서정아, 우리 각자 하고 싶은 것을 하자. 너는 네 인생을 살고, 나는 내 인생을 사는 거야. 대신⋯⋯."

나는 크게 심호흡했다. 몸이 파르르 떨렸지만 내 선택을 후회하지 않을 것이다.

"우리 같이 있자. 서로가 서로의 곁에."

"어떻게요?"

"일단 마당에 좀 다녀올게. 넌 절대 나오면 안 돼. 시간이 지나도 내가 돌아오지 않으면 그때는 원장님을 불러. 하지만 그전까지는 여기에 있어. 여기가 안전할 것 같아."

혹시 내가 잘못되더라도 너는 괜찮아야 하니까. 이 말은 소리 내어 말하지 않았다. 서정은 내 말뜻을 하나도 이해하지 못하는 것 같았다. 당연했다. 너무 혼란스럽지 않기를 바랄 뿐이었다.

그런데 왠지 서정이 슬퍼 보였다. 나를 걱정하는 걸까. 엄마가 보고 싶어서, 외로워서, 힘들어서, 무서워서 울었던 많은 날들이 떠올랐다. 하지만 나 자신을 염려하는 마음으로, 나 자신만을 위해 울어 본 적은 없었던 것 같다.

지금부터 어떤 일이 벌어져도 서정이 이것만은 기억해 주면 좋겠다. 서정이 자신의 의지로 이 삶을 살아간다는 것을. 그때의 내가 내린 모든 선택이 최선이었으므로 그 선택이 불러올 이후의 시간을 후회할 필요가 없다는 것을. 더 나은 삶이란 다른 시공간이 아니라 바로 지금 이 순간에서만 일궈 낼 수 있다는 것을.

서정 덕분에 알았다. 지금까지 내가 애썼다는 것을. 그러므로 애쓰며 살아온 나를 이해해 줘야 한다는 것을. 이제 나는 상황마다 최선으로 내렸던 결정들을 부정하지 않고, 그 결과로 만들어진 오늘의 나를 밀어내지 않겠다. 그때 그곳에서 출발해 지금 여기로 도착한 것이니까.

게워 낸 커피와 눈물과 땀과 콧물로 얼굴이 엉망이었다. 그런데 이 얼굴을 누가 본다면 꽤 편안해 보인다고 말할 것 같다. 내가 꿈꾸던 순간이다. 마음 편한 사람. 서정도 느꼈겠지. 우리가 다른 사람이 아니니까. 내가 뭘 하려는지 몰라도 내가 꽤 괜찮아졌다고 생각할 것이다.

나는 중앙 현관을 지나 마당으로 나갔다. 가만히 서서 내 뒷모습을 좇는 서정의 눈길이 느껴졌다. 자애원 본관에서 가장 멀리 떨어진 곳에 도착해서 걸음을 멈추었다. 이 정도 거리라면 혹시 무슨 일이 벌어져도 자애원 사람들은 괜찮을 것이다. 하지만 정말로 무슨 일이 일어날지 누가 알겠는가. 내가 모든 것을 다 내다보고 선택할 수는 없다. 나는 그냥 지금 이 순간에 최선을 다할 뿐이다.

삐삐삐.

남은 시간 1분. 타임워치의 카운트다운이 시작됐다. 이제 너의 '지금'으로 돌아갈 준비를 해야 한다고 말하는 것 같았다. 타임워치를 채워 주던 대표님의 손길이 떠올랐다. 하나도 어렵지 않았다. 진짜 손목시계를 차고 푸는 것과 똑같았다.

10, 9, 8,

나는 침착하게 손목에서 타임워치를 풀기 시작했다. 하지만 아귀가 딱 맞물려 있어서 쉽지 않았다.

7, 6, 5,

시간이 얼마 없다. 나는 급하게 작은 부품 하나를 뜯어냈다. 하지만 카운트다운은 멈추지 않았다.

4, 3, 2,

나는 심호흡을 하며 자애원을 향해 섰다. 저 멀리 어린 내가 서 있다. 나는 타임워치를 풀어 있는 힘껏 반대 방향으로 던졌다. 그런 다음, 두 손으로 머리를 감싸고 바닥에 주저앉았다.

1!

다시 섬광이 터졌다.

16. 온기

푸시식.

타임워치에서 하얀 연기가 피어올랐다. 다행히 아무것도 폭발하지 않았다. 타임워치도, 나도, 서정도, 자애원도 안전하다고 느낀 순간, 머릿속에 나의 오랜 걱정거리들이 순서대로 떠올랐다. 웃음과 함께. 그 걱정은 지금 이 시간대의 걱정이 아니었다. 그러니 더는 내 몫이 아니다.

서정이 작은 몸으로 현관문을 밀고 나와 나를 향해 달려왔다. 이제 우리에게는 서로가 있다. 언제나 외로웠던 서정에게 내가, 나에게 서정이 있다. 간절히 원했던 누군가가 생긴 것이다.

서정은 입양될 것이다. 서정이 원하는 일이, 일어나야 하는 일이, 일어난 일이 일어날 것이다. 해령의 언니가, 어머니의 딸이 될 것이다. 그리고 나도 있을 것이다. 완벽하지는 않더라도 덜 외롭고 덜 무서울 것이다. 내가 그 아이의 삶에 필요한 단 한 명의 누군가가 되어 줄 계획이니까. 그거면 될 것 같다.

하지만 내가 서정과 함께 살 수는 없다. 어디로 가야 할까. 타임워치는 아직도 푸시식 옅은 신음을 내고 있었다. 이제 나에게 이 물건은 아무것도 아니다. 하지만 지금 이 순간에도 열심히 공부하고 있을 그분에게는 쓸모가 있을지도 모른다. 한다경 대표님이 멀리서 온 나를 보고 너무 충격 받지 않으면 좋겠다. 그리고 가능하다면 그분 곁에서 좋아하는 과학 공부를 실컷 할 수 있으면 좋겠다. 만날 사람과 갈 곳과 하고 싶은 일이 생겼다는 사실에 기운이 났다.

나는 고개를 돌려 서정을 바라보았다. 작고 가볍지만 더는 외롭지 않을 아이를. 서정은 나를 어떻게 생각하고 있을까? 나는 무릎을 꿇고 두 팔을 크게 벌렸다.

힘차게 달려온 서정이 금세 내 품에 도착했다. 우리는 서로를 꼭 끌어안았다. 따뜻함이 번지는 게 느껴졌다. 나에게서 서정에게 전달되는 것인지, 서정에게서 나에게 오는 것인지 구분되지 않았다. 굳이 구분하지 않아도 된다. 지금 여기에서, 우리가 함께, 온기를 나누고 있다는 사실만이 중요하므로.

작가의 말

어릴 때는 빨리 어른이 되고 싶었어요. 종종 타임머신을 타고 모든 게 해결되어 있을 미래로 가는 상상을 했어요. 어른이 되고 나서는 어린 시절의 후회를 바로잡을 수 있는 과거로 돌아갈 수 있기를 바랐고요. 저는 꽤 오랫동안 현재에 잘 머무르지 못했던 것 같아요.

나이만 많은 어른 말고 자기 인생을 스스로 책임지는 진짜 어른이 되겠다고 결심했을 때 저는 시간 여행을 멈췄어요. 어디로도 떠나지 않고 지금의 저 자신만을 생각했어요. 여기까지 걸어온 지난 궤적과 그 과정을 통해 빚어진 저의 내면을 찬찬히 관찰했어요.

그 끝에서 저는 저 자신에게 말할 수 있었어요.

"애썼어, 고마워, 사랑해."

물론 이 말이 한순간에 나오지는 않았어요. 긴 시간이 걸렸어요. 하지만 무의미한 시간 여행을 멈추고 현재를 잘 살아 내고 싶다는 강렬한 소망이 있었기 때문에 저는 저에게 꼭 필요한 것을 찾아냈어요.

　부정과 질타 대신 바로 '이해와 응원'이었어요.

　해수는 여전히 실수하고 때로는 성취하며 자신만의 인생을 살아나가겠지요. 더는 시간 여행 생각은 하지 않을 거예요. 해수도 이제 다 알거든요. 내가 걸어온 모든 날이 지금의 나를 만들었고, 지금 여기에서 내가 할 수 있는 유일한 일은 과거로부터 배운 다음 지금을 살며 더 나은 다음을 향해 나아가야 한다는 것을요.

　혹시 여러분도 종종 시간 여행을 떠난다면, 그리고도 자기 자신을 미워하는 일을 멈출 수 없다면, 잠시만 눈을 감고 자기 자신을 두 팔로 꼭 안아 주세요. 그리고 말해 주세요.

"여기까지 오느라 애썼어. 고마워, 사랑해."

그렇게 자기 자신에게 응원과 사랑을 보내는 일을 절대 멈추지 마세요. 해수와 제가 멈추지 않은 것처럼요.

저의 첫 이야기를 읽어 주신 독자 여러분, 진심으로 감사합니다.

2024년 새봄에
문나인 드림

이야기바다 04

타임 투어

2024년 3월 18일 초판 1쇄

글 문나인 ‖ 그림 양양
편집 김채은, 김지선, 유순원 ‖ **디자인** 이향령, 양태종 ‖ **마케팅** 이상현, 신유정
펴낸이 이순영 ‖ **펴낸곳** 북극곰 ‖ **출판등록** 2009년 6월 25일 (제300-2009-73호)
주소 서울시 마포구 독막로 320 B106호 ‖ **전화** 02-359-5220 ‖ **팩스** 02-359-5221
이메일 bookgoodcome@gmail.com ‖ **홈페이지** www.bookgoodcome.com
ISBN 979-11-6588-354-6 44800 | 979-11-6588-199-3 (세트)

글 ⓒ 문나인, 2024
그림 ⓒ 양양, 2024